在故乡的诗意里飞翔
—— 姚家齐现代诗歌精选

姚家齐 著

北方联合出版传媒（集团）股份有限公司
春风文艺出版社
·沈阳·

图书在版编目（CIP）数据

在故乡的诗意里飞翔：姚家齐现代诗歌精选 / 姚家齐著. — 沈阳：春风文艺出版社，2024.2（重印）
ISBN 978-7-5313-6030-8

Ⅰ. ①在… Ⅱ. ①姚… Ⅲ. ①诗集－中国－当代 Ⅳ. ①I227

中国版本图书馆CIP数据核字（2021）第141259号

北方联合出版传媒（集团）股份有限公司
春风文艺出版社出版发行
沈阳市和平区十一纬路25号　邮编：110003
三河市嵩川印刷有限公司

责任编辑：	韩　喆	责任校对：	陈　杰
装帧设计：	四川悟阅文化传播有限公司	幅面尺寸：	145mm×210mm
印　张：	6	字　数：	138千字
版　次：	2021年8月第1版	印　次：	2024年2月第2次
书　号：	ISBN 978-7-5313-6030-8	定　价：	36.00元

版权专有　侵权必究　举报电话：024-23284391
如有质量问题，请拨打电话：024-23284384

前 言

中国现代诗经历了一百多年的历史,在"五四"的最初十年里,出现了现代诗历史上第一次多流派多风格的大繁荣。遗憾的是,当年的那种景象在以后长达大半个世纪的时间里,没有再出现过,现代诗似乎已经辉煌不再。社会上很少有人读诗,连诗歌圈子里的人也相互不读,大多数诗歌只是写给作者自己看的。

现代诗为什么会越来越远离大众?这首先要从诗人自身找原因:现代诗历经朦胧诗、第三代,发展到今天,变得越来越让人看不懂,滥用隐喻,不着边际的想象力,夸张、离奇没有止境。这样的诗竟然日趋流行,越来越成为主流。甚至有人鼓吹"想象力有多丰富,诗歌就有多奇丽和美妙"。

尽管有人把诗歌说成是"人类高处的灵

魂""生命无法抑制的绽放",但是,人民大众看不懂你的"灵魂",你的"绽放"又有何意义呢?

　　人民大众看不懂现代诗,这与诗的语言也有密切关系。当下意象语言非常盛行,这种语言,用意象词语进行高密度堆集、多层次叠加、非常规搭配,使语意滑向离奇、魔幻和怪异,对普通民众来说,简直就是在看天书。人民大众喜闻乐见的,是用自然语言(口语和书面语)写作的诗歌。没有象征意味的叙述性的自然语言,也能蕴含深厚丰富的个体生命的体验,这些深刻、独特的生命体验,同样使诗歌语言具有了思想的深度和厚度。用自然语言描写现实生活,原本就是中国诗歌的传统。虽然没有持续的想象,没有奇丽的比喻,但那通达、质朴、单纯、清新的语言,同样能使诗歌产生震撼人心的力量。

　　近年来文艺界正在争论现代诗怎么作的问题。诗的本质就是诗人用一种美的文字,用音乐和绘画般的文字,表现人的情绪中的意境。那种所谓自然音节和诗歌可以无韵律的说法,完全是受外国"自由诗"的影响,是走了一条逆传统、行欧化的路子。

　　诗歌不可以没有韵律,韵律就是从文字中可以听出音乐式的节奏和旋律,可以增加诗歌的整体美。中国文学史上只有两大文体,即散文和韵文,诗歌则是韵文的一种。但现代诗大都不讲究韵律,它实际上是一种西洋诗,或者是分行的散文。诗歌的音乐美,是中国诗歌的传统和基因,植于人民大众的血脉之中,对于没有韵律的诗歌,人民大众怎么能接受和喜爱呢?

　　《在故乡的诗意里飞翔——姚家齐现代诗歌精选》是从作者创作的所有作品中精选出百余首汇集而成。这些诗歌的创作宗旨，是遵循以人民为中心的思想，以人民大众读得懂、喜爱读为最高准则。一方面，注重用直述和白描的手法，反映现实生活中的具体事物，不写矫揉造作、无病呻吟、空泛虚无、立意缺失的作品；一方面，注重用自然语言、口语化语言、有韵律的语言写作，使人民大众读起来朗朗上口，不仅能懂，而且有兴趣，喜欢读。《在故乡的诗意里飞翔——姚家齐现代诗歌精选》的出版，是作者为实践上述认识和主张所做的一种尝试，恳请读者多多提出宝贵意见。

内容简介

《在故乡的诗意里飞翔——姚家齐现代诗歌精选》是从作者所创作的现代诗歌中精选出101首汇集而成。诗歌内容主要反映皖南地区的自然风光和历史人文风貌。诗歌遵循以人民为中心的思想，以人民大众看得懂、喜欢读为最高准则。一方面，注重用直述和白描的手法，通过写景、状物、说事，反映现实生活中的具体事物，歌颂改革开放和社会主义建设，赞美祖国大好河山，讴歌美好爱情，抒写作者个人的生活体验和感受；一方面，注重使用自然语言（日常语言）、有韵律的语言进行写作，使诗歌读起来朗朗上口，使读者不仅能懂，而且有兴趣，喜欢读。本书特别适合普通民众和初学写诗的人阅读。

目录
CONTENTS

爱的差异　　 - 1
春江水暖谁先知　 - 2
春风荡漾　　 - 3
点　菜　　　 - 4
网　恋　　　 - 5
情人节　　　 - 7
春日郊游　　 - 9
龙山寺　　　 - 10
深夜听雨　　 - 12
春　分　　　 - 14
倒春寒　　　 - 15
清　明　　　 - 17
我的母亲　　 - 19
小　满　　　 - 21
我喜欢静　　 - 22
文峰桥　　　 - 24

孤僻的人生　　- 26
石　榴　　- 28
山城的雾　　- 29
枇杷小镇　　- 31
爬蜈蚣岭　　- 32
方腊洞　　- 34
阳产土楼　　- 36
夏日风情　　- 38
晓　月　　- 40
古城岩　　- 42
吊兰的牵挂　　- 44
雾锁天都　　- 45
歌声中的伴侣人生　　- 47
照壁怀古　　- 48
游丰乐湖　　- 50
讲故事　　- 51
七　夕　　- 53
戴震石雕像　　- 54
水边的树　　- 56

眼不见，心不烦　　　- 58

我多么想去西溪南　　- 60

窗外群山绵延　　- 62

虎刺梅　　- 63

望　月　　- 65

我与蜥蜴的路遇　　- 67

葵花赞　　- 69

新安江之歌　　- 70

唐模探美　　- 72

近无美人　　- 74

仰望天空　　- 76

初秋的哀伤　　- 77

紫露寺游记　　- 78

呈坎印象　　- 80

关于忧愁　　- 82

秋日独饮　　- 84

蜻蜓之美　　- 86

小草的宿命　　- 87

古道行　　- 88

老屋的变迁　　－ 90
中秋，是个伤感的节日　　－ 92
红色的石屋坑　　－ 94
国庆霓虹　　－ 96
重阳节登高有感　　－ 98
练江，是一条练　　－ 100
散发广告是城市的风景　　－ 102
我家的电风扇　　－ 104
花山湖之恋　　－ 106
我坐高铁去杭州　　－ 108
奇墅湖情思　　－ 110
我与蚊子共歌吟　　－ 112
秋园月色　　－ 114
木坑竹海　　－ 115
城市之夜　　－ 117
护林员之歌　　－ 119
夜宿玉屏楼　　－ 121
容溪行　　－ 123
太平湖情归何处　　－ 125

苹　果　　- 127
明月照见悲伤　　- 129
快乐的十月　　- 131
塔川红叶　　- 132
我坐高铁过千岛　　- 134
修　路　　- 135
屯溪老街　　- 137
生　日　　- 139
黄杭高铁游　　- 141
我坐出租车回家　　- 142
蚯　蚓　　- 144
我与麻雀　　- 146
老同学聚会　　- 148
吊床上的人生　　- 150
灵山纪游　　- 152
新安江边的思绪　　- 153
历史文化名城的伤痛　　- 155
游花山谜窟　　- 157
我的那个人　　- 158

雪中三愿　　- 160

冬至盛事　　- 162

去鬲山路上　- 164

昨夜雨夹雪　- 166

月潭湖，弯又长　- 168

口罩的情怀　- 170

电线上的风情　- 171

巷　口　- 173

大地的爱　- 175

爱的差异

父母对子女的爱
是无限的宇宙
母亲是月亮
父亲是太阳
母亲的爱,是柔和的清辉
父亲的爱,是滚滚的热浪

子女对父母的爱
是有限的时空
星星的父母是太阳和月亮
星星对父母的爱
时而隐去
时而闪亮

春江水暖谁先知

大文学家苏轼
曾有名句"春江水暖鸭先知"
此句一出
轰动一时
历朝历代
皆视为千古绝唱
叹为观止

我思考多年
大胆吟出"春江水暖鱼先知"
人微言轻
像在大海里扔了一块小石子
诗霸称"诗歌不是讲理的地方"
好吧!就算我在乱嚷嚷

春风荡漾

春风荡漾
携带着一道道霞光
在我眼中泛起霓虹般的迷幻

春风荡漾
携带着一阵阵花香
在我气息中融入醉人的芬芳

春风荡漾
携带着一段段美妙的音响
在我心里激发起飞翔远方的宏望

春风荡漾
携带着一股股力量
在我身上敲打出欲火纷飞的梦想

点　菜

一日去菜馆
改善营养
这次想吃鱼
一位名叫桃花的女服务员
拿来一份有关鱼的菜单和价款
酸菜鱼头
干锅黄鱼
油炸鱼肉串
红烧桃花鳜
鲫鱼炖蟹黄
…………
我瞟了女服务员一眼
便点了一份桃花鳜
心里一片春光

网　恋

梦幻里听到她的名字
未见其人却似曾相识
虚拟中祝福和惦念
但从未相见相知

莫名的愁绪
逼着我去窗前寻觅小诗
像是身后有她,回头一看
只有空空陋室

无端的烦恼
催着我去园中拨弄花枝
像是身后有她,回头一看
只有树影参差

讨厌的困倦

诱着我梦入月下荷池

像是身后有她,回头一看

果然是微信视频里的"芳芝"

情人节

这个节日是别人的
我不必在意
这是约会的最好日子
也是情人们弄情的最好时机
人类为爱编制了一件件华丽的外衣
所有的工具都用来制造爱情
用繁杂的形式来实现简单的目的

这个节日也是动物的
我不必留意
麻雀互相追逐
累了就飞到窗台上歇息
一只求欢的猫在远处叫唤
似乎已不需要什么秘密
赤裸裸的爱显得真实
阳光下的爱不会虚情假意

这个节日与我没有关系
我不必歉意
我想着的,是如何
帮不争气的亲戚解决因懒致贫问题
代我朋友写个房屋出租合同
转让老屋倒塌后的地基
挖空心思写成一首诗
找个人修理讨厌的抽油烟机

春日郊游

桃花开了
笑着的嘴
流着殷红的涎水
我走在田垄上
看见紫荆花、螺壳青、黄鸭嘴
扭着五彩的短裙
舞着四溢的流肥
要是有一个红艳艳的村姑
或者青翠翠的山姑
从山坡上走下来
那我是何等的眼福

龙山寺

黎明时分
云开雾散,有龙现身
两只龙角直刺苍穹
龙髯飞动,紫气升腾
一座寺庙,夺龙口而出
香烟缭绕,钟鼓声声
一群鸟儿飞来上空转悠
骚扰了寺里的老僧
鸟儿只相信松子和小虫
无意守庙分成
我不信菩萨能保佑人
但还是去庙里跪拜了一阵
我只是视菩萨为朋友
吐吐无处可说的苦闷
外面人声嚷嚷

一辆旅游大巴
　　撞上了寺庙的大门

注：
龙山寺，在黄山市屯溪区黎阳镇境内，因背靠小龙山而得名。

深夜听雨

夜雨的声音
有时重,有时轻
雨声应该打动她麻木的心
对我的真情实意做出会心的回应

夜雨的声音
有时慢,有时紧
雨声应该震慑躲在门外的歹徒
挑动起他畏惧的神经

夜雨的声音
有时响,有时停
仿佛弹拨起美妙的琴弦
抚慰着我黑夜里孤独的心灵

夜雨的声音
有时涌动,有时退隐
那是打破坛子的老酒在流淌
一口口醉我到天明

春 分

昼夜对开
冷暖空气争相上台
风性感,雨缠绵
草木依依也有爱

耕牛牵着蓝天上的云朵
飞鸟追逐水中的云彩
在画中意乱神迷
在诗里忘记归来

与家人去踏青
顺便挑挑野菜
把春分包进饺子吃了
然后,渐渐春困得厉害

倒春寒

春天已经登场
大地百花齐放
傍晚归来的鸭子
报告了春江水暖
但是
春色又一时褪去
寒冷耍了一个回马枪
众人皆怨天
我却对它夸奖
因为,它像——
江水东流
总有一阵不忍离去的回浪
夕阳西下
总有一次美丽的返照回光
音乐远去

总有一些美妙的余音回响

亲人离别

总要一次次依依不舍地回望

清　明

我与诗人杜牧相认
杏花春雨落纷纷
已逝多年的小侄
骑着水牛在村口久等
一杯明前茶
足以让行人断魂

父亲在青松岭头
仿佛在修理大门
多少岁月，多少风雨
在墓碑上雕了一尊深爱的未亡人
一只乌鸦突然腾飞而去
在暮霭中留下凄厉声声

我把杜牧安顿在酒家
自个儿步入黄昏
只见父亲人老影颤

我竭力喊叫,他一直都不吭声

一抔黄土

隔断了红尘

纵然再见

也只是域外的泪人

我的母亲

我的母亲
原是一位乡下富家女
一位排行老三,人称"三姑娘"的女人
一位擅长绣花
又能制作端午锦的女人
一位会唱整段
《孟姜女哭长城》小调的女人
一位踢毽子
能踢出360度旋风的女人
后来成了我父亲的女人
一位一天一夜才生下我的女人
一位一生总共
生了十一个孩子的女人
一位会做豆黄粿的女人
一位会包深渡包袱饺的女人
一位做菜喜欢放味精的女人
一位凭借一双小脚

能追赶我百米以上的女人
一位见到毛茸茸的小松鼠
就吓得要命的女人
在母亲紧追不舍的危急情况下
我放出口袋里的小松鼠
母亲见状立即止步，软化调门
我能攻其软肋，火速退敌
我是一个聪明的小人
我非常爱我母亲
我是家中唯一赶到故乡
给母亲送终的亲人

小　满

二十四节气
潇洒在小满
柔软的南风吹满大地
初夏的暖雨涨满河流和山塘
小麦的穗儿灌满白色的乳汁
秧苗吐露的绿色云朵盖满村野田庄
串串枇杷像金锭子挂满枝头
葡萄的长藤爬满瓜棚和院墙
四方游客挤满景区农家乐的餐桌
街上的购物者鼓满钱包和行囊
啊！满，满，满
五彩缤纷的小康填满人们的梦乡

我喜欢静

屯溪的天空,此时此刻
没有雷电
没有鸟鸣
没有飞机过境
深邃的蓝天,一片寂静
我喜欢静

新安江上,筑起了拦河坝
使水波不兴
涛声不再依旧
也没有了放排人的哼吟
灰绿色的江面,一片安静
我喜欢静

深夜的屯溪,灯火阑珊
行人将尽
明月悬空

几只流萤
空旷的城市广场,一片肃静
我喜欢静

经过凄风苦雨的洗涤
我已净化了心灵
没有了奢望
也没有了悲情
内心世界里,一片宁静
我喜欢静

注:
①屯溪,是黄山市的中心城区,是市政府所在地。
②作者妻子的名字叫"静"。

文峰桥

我去文峰桥
路上遇到一只蚂蚁在疾跑
撑着豆大的头颅
只靠几只纤细的腿脚
还背负一粒大米
趔趄前行，差点摔倒

我想到自己
不做官，不种草
只写了几本书
就头重脚轻
走路挺不起腰

文峰桥就在眼前
红柱长廊，飞檐翘角
沉重的水上宫殿
伸向水中的腿脚

骨瘦如柴,撑不动上面的
霓虹闪烁和人欢马叫

我与蚂蚁、文峰桥
互相喘着气
看谁能撑到最后一笑

注:
文峰桥,在黄山市屯溪区率水河上,既是交通桥,又是景观桥。

孤僻的人生

人生短暂

岁月绵长

在房改、楼市的徜徉中

得到了住房

一张银行卡

成了全部家当

天天在办公室操弄文字游戏

看一篇篇写满汉字的八股文章

拒绝交友

不过功利而已

酒肉一场

不喜欢变动

一辈子待在一个地方

不想旅游

不愿把生命折腾在路上

从不打牌

也不爱搓麻将

无非竖起来又推倒
输了时光
以前指望自己的长寿基因
现在相信人的生死无常
没退休就坐了轮椅
在没有阳光的房间里晃荡
外面有光影闪动
不想再向窗外张望

石　榴

五月红似火
石榴树开花又结果
小区里有很多石榴树
结了很多的石榴果
它总是张着嘴笑
打开了少女封闭的门锁
露出一排排水晶牙
成了眼下莫大的诱惑
牙龈间渗透着血
不知是谁惹的祸
风来过
雨来过
虫来过
鸟来过
人来过
路过不留痕
案子难破

山城的雾

初冬的早晨
雾气从四野围拢到我房前
与没有褪尽的暮色互相交织
一团团地在四周融成一片
像洪水一样灌满大地上所有的缝隙
还不经意闯入过我的房间

眼前布满了不透明的白膜
是我患上了白内障，成了盲人
或许我现时根本就用不着眼睛
我可以把眼角膜暂时捐献给别人
或者把眼睛委托给一个可靠的志愿者
尽管我并不认识那个人

四周的华山、徽山、杨梅山、稽灵山
全部被埋藏起来
我被拘留在白色的牢笼里

与外界似乎已阴阳两隔开
这时没有任何人与我联系
我突然痛哭起来

但很快就控制住了自己的情绪
我闻到了早餐店飘来的豆奶香
听到了百大钟楼传来的报时钟声
这证明自己还活在世上
前方露出一小片清晰,且不断扩大
预示我有可能被提前释放

枇杷小镇

两岸乱峰高刺天
小河通江
唐宋以来逝去多少驿站流年
一只只竹篓
从码头连接到街边
绿的盖着黄的
不知荷叶何时与枇杷结上了缘
街上的交易眼花缭乱
从明清延续到当前
踩着枇杷籽的人
屁股落地,骂娘又骂天
嘈杂的街市延续到黑夜
船儿像鳄鱼爬满了河沿
梨岭寺的钟声来得迟
江枫渔火对愁眠

爬蜈蚣岭

在我老家附近
有一条山岭
名叫蜈蚣岭
没有栏杆,没有树林
蜿蜒、曲折,通向山顶
我使劲往上爬
脚步不断收紧
一路手持刀斧
提防蜈蚣在梯田里惊醒

上个月在家洗澡
一条蜈蚣爬上我的头颈
在颈动脉附近游荡
顿时让我陷入命悬一线的险情
我这次不去游徽杭古道
专程来爬蜈蚣岭
也爬到它的颈上

跺跺脚,开开心
放歌一曲,山风和鸣
我是多么过瘾

方腊洞

白云飘过此处,把速度放低
山鹰把翅膀收起
在独耸峰上,悬挂着方腊洞
洞旁留下"方腊寨"的奇特字体

义军据洞抗击
宋朝官军退居百里
今人在石臼里舂着山药
在石灶上烧烤着野鸡

峰前方腊、方百花的石雕像大喝一声
山风飞卷寨上的"方"字大旗
历史学家无事可做
对方腊的身世不断引发争议

注:
①方腊,歙州人,为宋代农民起义军领袖,曾据浙皖六州

五十二县，建立政权，后战败被俘，在汴京就义。

②独耸峰，位于齐云山五老峰东南，一峰独兀，四临空谷，大有"一夫当关，万夫莫开"之势，是史上兵家必争之地。

阳产土楼

云崇拜阳产

风迷恋土楼

云那么慢

风那么柔

急的是那些山花

杜鹃花、茶花、桐花、桃花

都牵着风云走

争抢宣告天下

看谁峥嵘岁月稠

都盛开一时

却难逃改季换代的杀手

唯有山腰上的村落中

簇拥着一座座土楼

远远望去,像一丛丛黄灿灿的山花

长开不败，风韵长久

　　注：
　　阳产，村落名，在黄山市歙县深渡镇境内。山民就地取材，用黄壤、木材筑楼而居，形成了鳞次栉比、错落有致、质朴壮观的土楼群，吸引大量游人前往观赏。

夏日风情

正午的天空
热烈而张扬
荷花、紫薇、一丈红
火焰般绽放
盛夏的温度
发酵着初恋的心房

乌云遮住了烈日
阵阵夏风越过江滩
天空黑云翻滚
绽开一小片湛蓝
那是一只恋人的眼睛
水汪汪,亮闪闪

暑热渐渐退去
凉爽的晚风吹动着门窗
一只小鸟和两三只蝉儿

在窗外林中动情地鸣唱
我提早爱上对岸一处水埠头
那里有浣衣女向我挥动金色的霞光

夏夜突如其来的骤雨
敲打在油毡布棚和玻璃瓦上
无数佳人的梦境被搅黄
夜莺找不到回家的路
黑幕包裹着我的惆怅
雨声伴着我小小的忧伤

晓 月

东方升起晨曦
我望着还没有西沉的月亮
你的颜色变得苍白而平淡
几近无色无光
你已失去撩人愁绪的如钩娟态
也淡出杨柳岸晓风残月的爱短情长
人们不稀罕你的消失
都在欢呼太阳的登场

你不要伤感
你曾有美妙的过去和骄傲的时光
昨夜人们围着你
团聚、恋爱、歌唱
你用柔和的银辉
抚慰了忧郁的嫦娥
陪伴了醉酒的李白
助兴了苏轼的赤壁荡桨

你在强烈阳光驱赶下凄凉地隐去
但你不要失望
其实太阳已开始西斜
晚霞之后天空又将由你执掌
人们又会陶醉在你的怀抱
展开多情的遐想
在苦于炎热之时
享受你如水的清凉
在月圆月缺之间
演绎着人间的离合悲欢
你的未来将是又一个辉煌

古城岩

顾名思义
这是一座山岩
岩上有城堡
所谓古,就是
古民居、古祠堂、古看台、古塔、古桥
还有山神和财宝

现在是一个景区
没有一个游客
古建筑里没有一个活人
家具齐全,没有一丝灰尘
大门、后门全开
好像古人刚刚启程
人去楼空
安静得叫人断魂

山风骤起,战马嘶鸣

汪华率大军坐镇山岩
保境安民
雷声隆隆，天降追兵
朱元璋逃入岩下洞中
保全了性命
小小的古城岩
上演了一场场历史大戏
大振威名

呜呼
历史已经远去
尘封的岁月无人问津
如今这里空无一人
死一般寂静

注：
①古城岩在黄山市休宁县万安镇境内，是一处历史遗迹游览地。
②汪华，隋末唐初人，隋末天下大乱，他起兵徽州，保境安民，深得百姓拥护，后归唐，受历代人民怀念和尊敬。

吊兰的牵挂

吊兰多思又多情
沿着花盆的四周
牵着挂着一根根长长的花茎
伸向无边无垠
它牵挂空巢父母、远方游子
它牵挂今爱,也牵挂初情

吊兰的叶面,长有淡淡的黄边
那是多思的泪印
它的叶子长得又瘦又尖
那是多情的煎熬,百代的修行
它说不苦
因为那是它的本真和初心

雾锁天都

三十年前
我第一次登天都峰
成竹在胸
要瞭望家乡
要领略海阔天空
当我登上峰顶
雾气从四面八方向我围拢
一片白茫茫
水泄不通
我呼唤亲人的名字
恨只恨这不作美的天公
突然一位姑娘喊我大哥
要我陪她离开这白色的牢笼
她随我来到"鲫鱼背"
紧紧抓住我的手不放松
一股电流
在我全身奔涌

她说是安大的在读学生
我却雾锁心胸
不敢问她姓名、住址
就挥手相送
永远是一团雾啊
不堪一世悔恨中

注：

　　鲫鱼背，在黄山天都峰上，实为一处石矼，长十余米，宽仅一米，两侧千仞悬崖，深不可测，其形颇似鲫鱼之背。这里是登峰顶的必经之处，以奇险著称于世。

歌声中的伴侣人生

岁月悠悠
情意绵绵
婉转的歌声唱了一遍又一遍
美妙的歌喉
又唱响了初恋的和弦
迷人的气息
喷发出青春的火焰
流水般的音乐
是生命的流连
在凄风苦雨之后
欢快动听的波澜涌入心田
音调依着音调
五彩缤纷的音符花一样绽放庭前
白发在旋律中飘拂
泪水随着节奏绵延
渐渐老去的这个夜晚
把黄昏曲一句一句唱得星满月圆

照壁怀古

新安江边立着的照壁
是为了怀古
没有马群奔腾
没有硝烟飞舞
它把徽州历史的辉煌
浓缩又浓缩
浓缩成一串串名字
引得我大声疾呼
我听到了鼓角争鸣
眼前飞扬着一个个鲜活的脸谱

我看着看着
发现了刀笔手们的疏忽
代君三月的曹振镛
竟被照壁排除
一页风云散
历史翻篇也残酷

新安江水化作泪
黄山白岳奏丝竹
孕育了一代代徽州精英
流芳千古

注：

清嘉庆皇帝外出巡视时，歙县雄村人曹振镛以宰相身份总理国务，代君三月，史誉"朝中宰相代代有，代君三月世间无"。

游丰乐湖

水路弯又长
心里空飘荡

目睹一生流的泪
湖水汪汪

远眺烟波深处
往事茫茫

请捕虾人喝酒
湖光山色在杯中摇晃

注:

丰乐湖,位于黄山市徽州区境内,是丰乐河上的一座人工水库,其功能主要是防洪、发电和旅游。

讲故事

小时候
姐姐给我讲故事：
青山坞里有口塘
塘边有棵树皮很滑的大枫杨
谁能爬上去
谁就能当上孩儿王

小时候
妈妈给我讲故事：
青山坞里有个玉兔姑娘
天天都在照镜梳妆
谁能听话
她就做谁的新娘

小时候
爸爸给我讲故事：
青山坞里有间读书房

一到晚上亮堂堂

谁能进得去

金子银子一世花不光

七 夕

七月的星河
流火飞袭
鹊桥下沸水翻滚
桥上热浪冲击
两人相拥
大汗淋漓
柔情似铁水
爱意成烤漆
为什么不选个清凉的日子
那是喜鹊听从了天意
烧烤的节日
烫伤了一身皮
再撒上一把盐
死去活来都可以
我乐意

戴震石雕像

戴震石雕像
坐落在公园的门楼后
凡游园的人
都要从雕像下经过
深褐色的石雕像
一条长长的辫子拖在脑后
不知有清朝
游人误认是一位老婆婆
调皮的小孩
还爬上去摸一摸
灰尘落在石雕像的眼眶上
他常常把来人看错
当今前来瞻仰他的能有几个
我爬上雕像抹去眼睛上的灰尘
但又后悔不该这么做

　　　　因为让戴震看清了
　　　　他定会感到孤独、难过

　注：
　戴震，今黄山市屯溪区隆阜人，是清代极富战斗精神的唯物主义思想家。

水边的树

杨柳、桃花、枫杨
是植物界的名流佳丽
是自恋的狂迷
在岸边斜着身子
伸出脑袋
看水中的自己

修整着胡须
涂抹着脸皮
风生水起之时
摇晃着美丽
尽量压弯身子
为的是亲吻水中的自己

现在成了湿地公园
痛失了往日的隐秘
柳桃垂首,枫杨泪滴

它们对影子过去痴迷
月圆月缺,文人只顾叹息
不知是变动的影子欺骗了自己

眼不见,心不烦

为什么要住高楼
免不了要向窗外张望
天边是白云
白云下面是远方
那里有我怀念的人
白云悠悠远去
为什么不带我同往
我多么心伤

近处是红云
美女列队而过
个个脸上都荡漾着春光
是否能领一个回家
忍不住要胡思乱想
抽动我几寸愁肠

过去住在一楼

四面高筑围墙
什么也看不见
眼不见,心不烦
寿命会更长

我多么想去西溪南

我早就听说西溪南
那里有座老屋阁
明代江南大才子祝枝山
来阁中写下丰南八景的优美诗歌
那里有个明代的绿绕亭
亭中演绎了村民多少悲欢离合
那里有条水街,很有灵气
能让你的心思,绽出浪花朵朵
那里还有一片枫杨林
阴森森的绿,会将你的秘密轻轻包裹
我是多么想去西溪南
但被岁月一拖再拖

一个秋日
我决定专去一游
刚踏上西溪南的一座木板桥
我恐高腿抖
觉得身轻如一片落叶

就要被河风吹走
最终,我只得把夙愿收进行囊
让西溪南的念想
永远挂在心头

注:
西溪南,地名,在黄山市徽州区境内,是一处旅游胜地。

窗外群山绵延

我向窗外远眺

晴日里,蓝天下

绵延的群山

像万马奔逃

阴天里,入夜时

又仿佛高原上的黑牦牛

在归途中边慢行边吃草

黄昏时分

窗外山色朦胧

突然惊现一位睡美人

乳峰突起,衣袂飘飘

瞬间,美人飞出一只绣花鞋

我猛然一阵心跳

定睛一看

原是一只山鹰,冲向山下的林梢

怎么会是这样

今夜,我不想睡觉

虎刺梅

上门的客人越来越少
四季风难以吹到
阳台上的窗门关得太紧
喜欢阳光的虎刺梅
不怨恨,不吵闹
枝上虽然长满刺
但从来不伤我一丝一毫
我很少照料它
它也从不撒娇
最多几天浇一次水
它认命,守妇道
不经意折了它的枝叶
红色的小花总是含着笑
我现在增加了看望它的次数
满眼的收获,是善良、朴实、美好
我喜欢它,却不能为它唱歌

我的歌只能献给一个人

这个人常在黑夜里

为我的未归备受煎熬

望　月

我家院子里
可以望月亮
每在月亮东升之时
我就翘首东望
亮晶晶，水汪汪
元宵玩月
中秋赏月
快乐时捧月
忧伤时问月
夜行时追月
一幕幕，一桩桩
在我脑海里倒海翻江

我家屋子里
也有一个月亮
她总是把全屋照得亮堂堂
在厅堂里，月洒银辉

在房间里,床前月光如霜
在厨房里,灶前月光似水
夜深了,月照西窗

我一回家
就能看到月亮
月光给我沐浴
月光给我抚伤
我喝着酒
欣赏着月亮
我在月光的草席上呼吸
我在月光的吊床上摇晃
月光温柔
月光明亮
我在望月中幸福度时光

我与蜥蜴的路遇

我要去一个地方
小路弯弯

我猛然发现,一只蜥蜴
扶着另一只蜥蜴
艰难地爬行在路上
被扶的蜥蜴,腿上
血糊糊,受了重伤

它们停止了爬行
知道自己逃脱不了我的意志
不如静静地、从容地等待死亡

其实,我的路比它们漫长
而且与它们同样无奈
不知道如何收场
我毅然绕开蜥蜴,改道前行

但这不能证明人类比蜥蜴高尚

前路弯弯
生死两茫茫

葵花赞

蜀源村的千亩葵花
特别有气势
像是一个正在出列的整编步兵师
服装统一,立姿统一,步调统一
这是全局意识
个个都脸朝太阳的方向不偏离
这是看齐意识
只要主义真,秋后砍头在所不惜
这是献身意识
蜀源村的葵花闻名遐迩
是因为它们有昂扬的斗志
有中华民族传承的精神品质

注:
　　蜀源村,为黄山市徽州区潜口镇所辖,是典型的徽州古村落,有"小桃花源"的美称。

新安江之歌

黄牛舔着牛犊

牛犊吸吮着母亲的奶

油菜花分娩香油

从榨床上汨汨流下来

新安江的流水灌入农田

倒映着一片片金色的云彩

燕子裁剪着春雷

口衔新泥向檐下低飞

春风带着暖意

一路欢舞歌吹

新安江载着游人的思念

穿过镇海桥碑、尤溪古渡、八乡四水

群山翠绿的海洋

荡漾着古村落的马头墙

一个个人工湖宛如翡翠

在千岛、丰乐、月潭山间深藏
电流穿起繁星般的明珠
桃花鳜、翘嘴白、大胖头相会在天堂

新安江水昼夜流淌
不断洗去历史的忧伤
从六股尖出发奔腾入海
荡气回肠
曾把一代代徽商的梦
带去钱塘、苏扬、远方

新安江水从远古洪荒走来
森林砍伐，洪水咆哮，多难多灾
青山绿水走余杭
改天换地，跨进新时代
新安江奔腾不息
涛走云飞，大潮澎湃

注：
　　新安江，是安徽省三大水系之一，发源于黄山市休宁县境内的六股尖，流经安徽、浙江两省，在杭州湾入海。

唐模探美

唐模村之美
不在十桥九亭八角房
也不在水街有多长
美在它的文脉绵延
美在檀溪水的古韵流响

唐代汪华的后裔
不忘盛唐
为延续唐村风水人脉
在檀溪边栽下银杏和古樟

清初许氏巨贾，事母至孝
感动了上苍
调杭州西湖之水
降于檀塘
供许母晚年安享

清末许承尧
与檀溪的轻流慢水
边闲谈，边对讲
千年歙事悠悠流淌

檀溪水啊
你流淌的不仅是风景
更是历史的沧桑

注：

①唐模村，位于黄山市徽州区境内，是著名古村落、国家5A级景区。

②许承尧，清末至民国人，世居唐模村，光绪甲辰进士，徽州最后一位翰林，著《歙事闲谭》一书，令世人瞩目。

③汪华，见《古城岩》一诗所注。

近无美人

我住在大楼的顶端
从窗子朝下望
美女如云
走街串巷
腰肢起伏处
白腿最张扬
一派风光

下楼一看
因为太近
我看清了每个人脸上的
花花草草,雨雪风霜
浓妆过度,欲盖弥彰
酷似博物馆里的蜡像

我家的那个她
和别的女人没有两样

从此,我拉开距离看她
走路如行云
躺下似羔羊
如果抛来一个飞吻
我的心儿,定会跳出胸膛

仰望天空

我躺在野外草地上
仰望天空
蓝天深邃,白云飘动
多么自由
幸福无穷

我躺在门外凉床上
仰望天空
几颗星星,坠入黑洞
多么遥远
心事沉重

我躺在公园木椅上
仰望天空
南飞鸿雁,西挂彩虹
多么悠闲
不思所终

初秋的哀伤

这是今年第一场秋暴
蝉儿还在忘情地鸣叫
梧桐、银杏树的叶子
仍在枝头盲目地炫耀
秋后的蚂蚱
自以为是地在草丛中欢跳
哀其安于宿命
不知末日将到
丰收在望
但秋后算账,结果难料
来山中避暑的表妹
要回南方的寺庙
一阵忧伤
给整个大地
罩上了一层灰蒙蒙的色调

紫露寺游记

奇墅湖水，波光粼粼
只闻水声，还有鸟鸣
规模宏大的寺庙建筑
却少有人来修行

四方形的九层罗汉塔
巍峨耸立，势如九鼎
四周杂草丛生
拒绝登临

我独自走过大雄宝殿
没有香烟袅袅的场景
也没有人声鼎沸
只闻檐风飕飕，风铃叮叮

方丈已云游四方
不做法事，不再诵经

推行生活禅、快乐禅
已没有了初心

我仰望寺庙后面的象鼻峰
刚在清凉中初醒
九华归来不看庙
此庙归来泪满巾

注：
紫露寺，在黄山市境内，始建于唐，后焚毁，于近年重建。

呈坎印象

一走进呈坎村
入眼的是一座单拱石桥
还有一个荷花塘
相比宏村的南湖和石拱桥
大模小样
留不下印象

在村口地面上
画有一个八卦
说呈坎是个八卦村
但没有谁能看到真相
要能俯瞰八卦似的村形
除非长上翅膀

几幢明代民居建筑
是徽派古建的珍藏
号称徽州第一祠的罗东舒祠

大门口没有广场
如果我骑马去
肯定找不到广场上的拴马桩

有人问我看法如何
我说要看同去女友的印象
那天下雨打着伞
女友脸上没有阳光
以后不久,我们互相
也没有了印象

注:
呈坎村,在黄山市徽州区境内,是著名古村落和古建筑旅游景区。

关于忧愁

当你忧愁时
别人不一定忧愁
我也不一定忧愁
入秋以来
没有下过透雨
水源枯竭
百姓忧愁
但我不盼望下雨
因为我要外出旅游

当我忧愁时
别人不一定忧愁
你也不一定忧愁
入秋以来
没有下过透雨
土地干裂
农民忧愁

但你不盼望下雨
因为你要破土盖楼

当别人忧愁时
你不一定忧愁
我也不一定忧愁
入秋以来
没有下过透雨
农业歉收
国家忧愁
你我为什么就不能
先天下之忧而忧

秋日独饮

秋的季节
思念如潮
记忆的河流,掀起
阵阵波涛

我曾抚摸宠物小松鼠,在我
口袋里美美地睡觉
我曾与恋人一起
在廊桥外沐浴星光月照
我曾携带妻儿
去呼伦贝尔草原拍摄落日的燃烧

今年的秋日
我在阳台上独饮
酒杯里,冒出小松鼠吹上来的小气泡
酒杯里,翻滚着当年爱情的波涛
酒杯里,散发出草原奶酪的味道

秋日的酒
给了我无限的风月
让我把风情
飞扬到无限的辽阔

蜻蜓之美

望断秋水
不见北雁归

细察荷塘
思念已枯萎

两只蜻蜓
在一根水草上相遇
一只平伏,一只弓背

经过彼此
它们是那么美

修补秋的忧伤
静候人性的回归

小草的宿命

我是一介草民
最懂得小草的宿命
小草何尝不想长成大树
只是生来就陷入
被牛羊踩踏的命运
小草何尝不想出人头地
只是被割草机
一次又一次地铲平
还要外加除草剂的喷淋
小草不得不低声叹息
不得不向镰刀
伸出卑微的头颈
但世人却无视如下的事实
是小草绿了春景
是小草在秋日里
引来了悦耳的虫鸣

古道行

古道西风瘦马
马蹄声声
十万火急
前路无晨昏

古时京都的传谕官
怕耽误了行程
千年老树上
刻有计程的遗文

山高林密
史载有虎狼噬人
路边散落着
只埋了衣冠的空坟

隘口有关亭
行人欲断魂

亭柱上有破产商人留下的
跳崖遗言的刻痕

山神庙只剩下断壁残垣
边上的石碑尚存
仍在继续歌功颂德
为僵尸还魂

石径破碎
路幽草深
山风阵阵
林海涛声滚滚

老屋的变迁

我家的老屋
有花台和漏窗
有画栋和雕梁
新中国成立前夕
蒋军败退浙江
途中看上了老屋里一间玻璃房
进驻的不是团长,就是营长
头戴铜盆帽
手牵大狗狼
看着威风
心里惊慌

如今老屋破败
风雨凄凉
我囊中羞涩
但不指望中大奖
开民宿,叫"姚家大院"

修旧如旧
忽然开朗
有酒吧,有舞廊
来大师狂草
来九流捧场
佛到来,萌到来,姐到来
来的都是客
相见喜洋洋

中秋,是个伤感的节日

中秋,是个伤感的节日
萧瑟秋风吹满天
草黄马瘦鱼水浅
大地秋歌唱悲怜

中秋,是个伤感的节日
年怕中秋月怕半
中秋一过便到年
感叹时光短暂,过往云烟

中秋,是个伤感的节日
月是故乡明
他乡月黑风高雁难眠
游子梦绕又魂牵

中秋，是个伤感的节日

天涯云遮月

海角雨缠绵

千里难以共婵娟

红色的石屋坑

巍巍怀玉山
风卷红云
盛开的杜鹃花是红的
鸟儿的鸣叫也是红的
红了大地,红了黎明

石屋坑的
每一块石头
每一间小屋
每一条水坑
都浸透了红的颜色
红得炽热,红得痴情

皖浙赣省委驻地旧址
滚烫的血,余温未泯
红军棚、红军屋、医院、夜校
还留有红色誓言和遗言的铿锵余音

红军抗日先遣队
留下红色的脚印
红得烫脚,红得震惊
红得让人狠狠抓住初心

皖南游击队的足迹
踏遍崇山峻岭
在这里留下红色的记忆
是徽州迎接解放的排头兵
是皖浙赣大地燃烧的引擎

石屋坑精神
激励今天的致富脱贫
当年的石屋坑人
在现今人们的心里
活得灿若金星
是天上的云霞
是山花烂漫
是硝烟中的美丽风景

注:
　　石屋坑,是黄山市休宁县汪村镇境内的一个小山村,是著名的革命老区。

国庆霓虹

今夜

霓虹照亮了天空

星星也失宠

火树银花

舞凤飞龙

"祖国万岁"的鲜红大字

悬挂空中

今夜

霓虹照亮了大地、海岛

街灯没有了往日的自豪

风影红透

江水也红涛

霓虹倒映水波中

国旗劲飘

今夜

霓虹照亮了万物
魑魅鬼影逃之夭夭
秋虫不再低吟
百鸟没有归巢
聚在霓虹下面共鸣唱
"祖国好"

重阳节登高有感

我登上了白际山脉的最高峰
不知道海拔是多少
放眼四望
万峰下伏，唯我独高

高在视野辽阔
感叹尘世渺渺
高在气势耸立
压倒恶人的霸道
高在阳光无限
冲破沉霾的烦恼
高在山势险峻
牢记多少人从高位跌倒
高在气温寒冷
但比人情冷暖要好

我现在的高度

是我自己累死累活
一步一步攀登上来的
并没有什么借力和依靠

我现在的位置
是我自己艰苦奋斗
一层一层爬升上来的
无须向任何人交付酬劳

练江,是一条练

练江,是一条练
挂在大地母亲的脖颈上
母亲的乳汁流向平原山冈
丰腴了州郡的土地
山越人繁衍生息,族富民康

练江,是一条练
绾在大大小小的村庄上
他们的儿子背着行囊
走遍长江南北
回到村中修桥铺路竖牌坊

练江,是一条练
系在滔滔的新安江上
筑坝、断流带来了悲伤
船儿不能再去外婆家
也去不了千百年往来不断的苏杭

练江，是一条练
挽在黄杭高铁的臂膀上
掀起了练江上沉寂已久的风浪
速度改变了陈年旧梦
练江伴着高铁去远航

注：

练江，是新安江的支流，流经歙县县城，在浦口村注入新安江。

散发广告是城市的风景

一张张美丽的设计
总想博得路人的青睐
将要开盘的新楼群
可以去除"三高"的敷药袋
能根治前列腺炎的功能机
还有营养丰富的有机羊奶

姑娘的小嫩手
伸向行人,伸向车门,伸向雾霾
为了绩效
为了向老板交代
她们低声下气
迎前追后,不怕失败
但最终落在车窗和车筐里的策划
被揉成美丽的花菜

垃圾箱会回收

那些破碎的部分
要么被风收留
要么得救于捡破烂的老太

菜市场、街道口、公交站台
到处都挥舞着小嫩手
终年遭受四季风的虐待
有白眼珠的嘲笑
有行色匆匆者的先收后甩

小嫩手喜欢老人的和蔼
见到城管往往目瞪口呆

我家的电风扇

一台老电扇,早期的华生牌
十几年与我同房
电扇一开
就嘎吱嘎吱响
我不视为噪声
那是对我的爱语和歌唱

它的叶片旋转起来有些晃动
我并不自行拆卸下来再去安装
也从不去寻求"售后服务"
因为那样会使它第二次受伤
它的晃动,是献上一场冷舞
把客厅变成冷库里的音乐殿堂

电扇支架有些颤抖
那是脑梗后遗症的症状
多年来的体力透支,心血耗尽

我不能把它抛弃和遗忘

风扇转动起来,像是绞肉机
我爱它成了习惯
我情愿把自己的肉身放进去
享受它那疯狂且热情的搅拌

即使它衰颓至不能转动
我也不能把它送去垃圾场
要么改装成电动搓背机
要么放在主卧里永久收藏

花山湖之恋

花山湖,又名天鹅湖
有一年的一个秋天
一只天鹅,在这里受伤失联
面对孤独和恐惧
它撕心裂肺,哭地号天
时间一天天过去
日久的心痛
变成对配偶的悠悠思念

今天,我与妻子在花山湖畔
观赏美丽的湖水和远山
忽然,湖面上出现一只天鹅
戏弄着游船过后的余波微澜
我惊叫起来
它是否就是那只落单的天鹅
我无从获得答案

我告诉妻子
二十年前，在这天鹅出没的地方
我曾与一个人来到这里
为的是做最后的决断
她要随父母去国外生活
花山湖见证了我们的别痛离伤
我的眼泪与多少人一样，在这里流淌
孕育了现今花山湖的碧波荡漾

妻子的胸怀，装得下花山湖的湖水
她要我打听初恋现在何方
劝导我不要忘记那段情
但我只能把妻子放在心上
花山湖是个多情的湖，思念的湖
一对对情侣，在湖上荡桨歌唱
天鹅的呼唤声
更加深情，更加嘹亮

注：
花山湖，在黄山市屯溪区境内的花山谜窟附近。

我坐高铁去杭州

儿子住在杭州

他母亲总是喜欢回到山里头

我在屯溪坐上高铁

窗外飞奔的全是灰色的骆驼

我不曾从商做学徒

只是史志书上的吹鼓手

烧了祖宗的族谱

卖了徽派的老楼

我经常写错家庭住址

忘不了黄山原来叫徽州

我在高铁上打盹

仿佛看到了新安江上的古老渡口

江上浮现出一条木帆船

高铁和木船做不了朋友

既不能割舍又不能挽留

我抵达了杭州

故乡依然在我梦里头

奇墅湖情思

奇墅湖啊
你是那么平静
微风轻吻着湖水
波平如镜
游鳞吮水推细浪
我想起了母亲
她性情特别平和
柔水才多情

奇墅湖啊
你是那么清澈
徽派民居的白墙
爱恋着水中摇晃的倒影
我仿佛看到了湖底的奇墅村
想起在友人家吃香榧的情景
情意今犹在
水清山更明

奇墅湖啊
你是那么浩瀚
雾霭拥抱着远山
烟波冥冥
远眺最能引人怀念
我想起了父亲
他有宽阔的胸怀
千里暮云平

注：
　　奇墅湖是一人工水库，因奇墅村被淹没湖底而得名，位于黄山市黟县境内，风景秀丽，是一处写生和休闲度假基地。

我与蚊子共歌吟

一间卧室
两个活物自愿凑合
一只蚊子,一个我
它早出晚归
在一个角落里轻轻地哼着歌

我要入睡了
它却磨刀霍霍
闭上眼睛舞蹈
掩着耳朵唱歌
我跟着哼起了《黄土高坡》

我们虽然有共同爱好
我是否可以无视它的吸血入魔
尽管我和善、慈悲
它是否可以放弃用长枪对我一搏
我们合唱了《少年壮志不言愁》

我半梦半醒之间
有歌声在愉悦我的耳朵
来到一所寺庙
它唱着悠扬绵长的佛歌
我在梦里唱起了与妹妹《走西口》

它突然在我脸上猛戳一下
我没有反击,而是开窗让它走
先放血,后放生
还唱着欢送的歌——
《前面有一条美丽的小河》

秋园月色

秋夜的园子里
小虫的叫声刚刚停息
四周静得出奇
风经过的时候
草坪上微起涟漪
地上泛着银白色的月光
树影光怪陆离
园外坡地上的秋梨树
把影子投射到园里
园里的桂花树
园外的秋梨
趁着月色
互相把影子轻轻地叠合在一起
传来几声虫鸣
秋夜更加使人入迷

木坑竹海

这个小山村是绿的
白墙黛瓦被包裹成绿的
四周的绿,侵入所有在场的事物
竹叶上的露珠是绿的
飕飕吹来的凉风是绿的
小山村的人也是绿的
枝头小鸟的歌唱也是绿的
绿色把整个世界融为一体

这个小山村是绿的
绿的深浅不一
绿的色调不一
绿出远念
绿出不离不弃
绿出遐想
绿出忧伤和欣喜

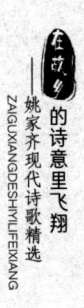

绿出正直、向上的节气
暑往寒来
始终高擎绿水青山的大旗

这个小山村是绿的
绿了在竹林中信步的母鸡
绿了竹林中采撷人的风衣
绿了奥斯卡大片《卧虎藏龙》的拍摄地
绿了著名摄影作品《翠竹堆青》的取景地
绿了杜甫的诗句"只想竹林眠"
绿了我对这个小山村的情意
竹海依依

注：

木坑竹海，位于黄山市黟县北十五公里的群山之中，是一个方圆十数里、中无杂树的竹林世界，木坑村就处在这片绿色的海洋中。

城市之夜

晚上不敢外出游逛
总是辨不清方向
江水里有一轮明月
在我眼睛里不停地晃荡
不敢出门
不是因为夜色太暗
而是地下比天上亮
晚上比白天亮
流浪猫在角落里望呆
夜莺飞错了方向
城市亮化,晨昏被颠倒
万物生存乱了规章
适者生存
优胜劣亡

我打算去深山老林

承包一所寺庙

守住一盏佛灯的亮光

护林员之歌

一座座山林
静静等待着黎明
闻到他的气息
森林摇动树叶
发出有节奏、有旋律的声音
这是赞美的歌吟

有树桩在哭泣
昨夜被盗伐者剁下了头颈
他做记录、摄影
山鸦叼着一枚烟蒂
急匆匆地飞来报警
他把破案的线索拧紧

他驾着野猪
鞭着野山羚
与毒蛇斗法

与坏人周旋

风呼号，雷电鸣

叱咤风云

夜宿玉屏楼

索道一线牵
把我送上天都、莲花两峰间
佛陀境
别有天
今夜寄宿玉屏楼
白云为铺
晚风吻面
一千七百米的海拔
撑起我夜色中的悠闲
平生最柔软的床幔
最辽阔的睡眠
窗外云涛渐涌
一望无涯,气象万千
我与圆润、饱满相拥抱
不再是坚硬的花岗岩
我身轻如燕
潜入一片无垠的棉田

美梦连连

晨起，推开窗户

一轮红日冲出云涛

霞光瑞气吐着云烟

我不想再回到人间

注：

在黄山玉屏峰，建有玉屏楼宾馆，玉屏楼渐成玉屏峰景区的代称。

容溪行

一到容溪

就被戴上一个五彩斑斓的花环

容成子炼丹

把容溪的土地烧得红如霞光

阵阵秋风

把容溪的山野吹得金碧辉煌

丰乐湖水

把容溪的周边映得绿泱泱

徽姑娘

把容溪农家乐的鱼汤炖得白里透香

容溪啊

你是一位漂亮的少女

任人打扮梳妆

你是一位贵妇人

头顶凤冠

你是一位伟男子

海纳百川，宽宏大量

你容得下一切，还有

我唱了一句山歌

对面山上很快就传来姑娘的回响

容溪啊

你风情万种

我百感飞扬

注：

①容溪，位于黄山市徽州区呈坎镇境内，是一个以秋色著称的小山村。

②容成子，是轩辕黄帝的臣子，相传他随黄帝来黄山炼丹，曾来到容溪，附近有以他名字命名的容成峰。

太平湖情归何处

太平湖啊
谁叫你长得那么美丽
水做衣,蓝得出奇
眼睛深邃
臂腕弯弯
胸廓此伏彼起
湖岛遍布,是你的挂饰
环山青黛,是你的坐骑

太平湖啊
谁叫你深藏闺中无信息
显得更加好奇
更加朦胧
更加神秘
更加梦幻
更加迷离
更加引人入迷

太平湖啊

谁叫你扭扭捏捏不大气

有人说你是泾县的

有人说你是太平县的

谁不想娶你为妻,为媳

你是安徽的孩子,祖国的女儿

你是黄山的情侣和未婚妻

你要坚定不移

注:

太平湖,位于黄山市黄山区(原太平县)境内,是青弋江上的一座大型人工水库,北有九华山,南有黄山,被誉为"两山夹一湖,风景天下无"。

苹　果

我一直不喜欢吃苹果
甜不甜，涩不涩，水又不多
可是，苹果总是千方百计找上门来
托朋友送来一箩
托子女带来一箩
托单位发来一箩
我无法拒绝和推托
苹果是真心的
不管我把它置于何处
它都不惜岁月的蹉跎
它一天天老去
皮肤渐渐打皱
我不忍心它的虚度
便开始与它恋在黄昏后

吻一下,咬一口

夕阳无限好

它在我胃里舞婆娑

明月照见悲伤

母亲轻轻地走了
白花悬挂在遗像上
姐姐泣不成声
队伍向墓地送葬
一路飞撒纸钱
唢呐朝天叫唤
泪洗夜归人
明月照见悲伤

当年我乘夜车去远方求学
母亲送我到车站旁
打开一个包袱,内有
一袋冻米糖
一沓盘缠粿
一筒肉炒酱
母亲偷偷哭了
明月照见悲伤

姐姐出嫁时
正是秋深菊花黄
父亲走得早
母亲带着一双儿女度时光
接亲队伍的锣鼓
槌槌敲打在母亲的心上
夜里母亲独坐门前遥望星空
明月照见悲伤

母亲凄苦度人生
好日子没来得及分享
我常年在外
母亲要我一定回一次家乡
我每回来一次
母亲脸上都新添了岁月的风霜
如今我只能去母亲坟上哭诉她的身后事
明月照见悲伤

快乐的十月

在十月的山野里
朵朵小黄花张开着笑脸
快乐着温暖的小阳春

在十月的小河里
鱼儿浮游上来
快乐着水面上的落叶缤纷

在十月的阳台上
成群的麻雀叽叽喳喳
快乐着我晒在那里的面包粉

在十月的大街上
我和她并肩沐浴阳光
快乐着行人投来羡慕的眼神

塔川红叶

友人送我一片塔川红叶
我夹在书中
既是书签
也是一段友情的留踪

几十年过去了
我才来到塔川
探望乌桕树的真容
春秋季节叶色红艳
胜似丹枫
漫山遍野
一片火红
我来时已迟
已是初冬
没看到五彩斑斓
只看到枯叶飘落
寒枝凌空

回家再看书中的红叶
如见友人的面孔
色暗如铜
感叹时光流逝
一片枯叶在书中
不知友人今何在
塔川的红叶
年年依样红

注：

塔川村，位于黄山市黟县宏村镇境内。塔川与四川九寨沟、新疆喀纳斯、北京香山并列为中国最美的四大秋色所在地。

我坐高铁过千岛

我坐高铁去上海
路过千岛湖
隧道一个接一个
黑暗的旅途
每出一次隧道口
都闪现一小片湖
是湖湾和港汊
大湖尊容山遮雾阻
不同西湖小女子
应是堂堂大丈夫
何必犹抱琵琶半遮面
害得我寻思良苦
我正苦苦找寻千岛真面目
不知车已到桐庐

注：
桐庐是高铁千岛湖站的下一站。

修　路

地球流血

然后结痂，渐渐加厚

一层水泥、沥青，或者石板铺就

延安路、花园路、滨江路、仙人洞路

都在进行大修

掀掉硬痂

血水外流

植入管网

切除梗瘤

不麻醉，不给止痛药

不需要理由

地鼠被迫迁徙

蚂蚁向毒蝎求救

最无奈的

要算地沟油

尘土飞扬

洒水车运来了兑水的烧酒

醉了尘埃
疯了街柳
打造海绵城市
雨水能放能收
恩恩爱爱
海绵垫上荡悠悠

屯溪老街

屯溪老街
老在骨子里
老在涵养里

维修街道用的是现代水泥
但街道仍旧弯曲幽深
古风依依

刚刚涂了油漆
骨子里还是古老的木材
马头依然昂立

卖的是现代商品和现制的文房四宝
但还是前店后坊
酒旗飘逸

老街已走向全国，走向国际

但店里人说的仍是不标准的普通话
有的还用古老的方言招揽生意

屯溪老街
半小时走完从东到西
穿越的却是几个世纪

生 日

油菜花开好风景
暖风来去并无心
十月怀胎
一朝赌命
不是快递
也不是旅行
正在流血
伴着阵阵呻吟
创造生命
石破天惊

寒风乍起
缤纷落英
提刀人说
孩子出不来不要紧

母亲受难时
孩子微笑着睁开眼睛

孩子长大后
每年第一个祝贺孩子生日的
偏偏是受难的母亲
苍天啊
如何在天职和感恩之间摆平

春风起
大道兴
给孩子的生日礼物
应该送给母亲

黄杭高铁游

隧道一个连一个
心里好堵
未谋千岛面
暗中过桐庐
严子钓台今何在
无缘富春山居图
黄金旅游线
黑洞中的旅途

我坐出租车回家

我下班,坐着出租车回家
车窗外风景如画
我趾高气扬
一点也不羡慕别人的自筹自驾

我多么高贵,多么豪华
有专职的司机
要他到哪就到哪
挥一挥手,就可以叫停
招一招手,就可以上去潇洒
车轮沙沙响
汽笛声远飞天涯

我的心儿插上翅膀
飞向正在等我回家的她

后轮追赶着前轮
前轮追赶着晚霞
晚霞旋转出多彩的爱情奇葩

蚯 蚓

蚯蚓与阿炳一样没有眼睛
但它不像阿炳那样会拉琴

蚯蚓却有一种特异的功能
它在土层里,在黑暗中不断穿越
书写出一种空心的世界奇文
它也在光天化日之下
在地面上弯弯曲曲地蠕动
留下歪歪扭扭的诗文

它的字体古怪而多变
像甲骨文,又像金铭文
也像医生处方上的字
现代人难以辨认
也许是情书
也许是蚯蚓界的官方文本

营养学家说蚯蚓是上等美味
可以制作营养羹
蚯蚓是动物界可爱的书法大师
我于心不忍

我与麻雀

几只麻雀叽叽喳喳
在路上觅食、玩耍
这个鸟中最卑微的一类
居然与野猫勾勾搭搭
对我却视而不见
不恭也不怕
我离它们越来越近
它们仍然边觅食边说着悄悄话
当我走到跟前
它们并没有要飞走的样子
似乎看透了人类无能的爪牙和手法
用脚踢,够不着
用手抓,趴不下
我的自尊心一再受挫
同时我又自慰自夸

它们对我是信任和亲近
我对它们是包容和宽大
我得意扬扬回到家

老同学聚会

最好不是阳光,而是月光
各自可以掩饰脸上的风霜
最好不是光天化日,而是夜色茫茫
各自可以把心思收藏
最好夜雾笼罩
看不清有人兴奋,有人忧伤
最好灯也不要太亮
互相看不清富与穷、瘦与胖
最好都喝烈性酒
个个满脸红晕,分不清是民还是官
最好觥筹交错,灯幻人迷
忘却了各自命运的各种各样
最好椅子不要过于靠拢
免得被人嗅出你身上气味有异常
最好都上热菜沸汤
别人高谈阔论,自己不至于心凉
最好外面下一场大雨

让有车人回去不能尘土飞扬
最好散去时,相互只假笑一下
默默在夜色中重新各走各方

吊床上的人生

我的人生
是在吊床上度过的
吊床的一端系着卧室
另一端拴在厨房
日图三餐
夜图一床
日夜如此重复
我被食与宿没完没了地荡漾

我的人生
是在吊床上度过的
吊床的一端系着我的蜗居
另一端拴在谋生的单位
白天去上班
晚上回我房
天天如此重复
我被作与息从不休止地晃荡

我的人生
是在吊床上度过的
吊床的一端系着我的故里
另一端拴在异地他乡
既要回故乡尽孝
又要在外地尽责担当
年年如此重复
我被忠与孝永不停歇地摇晃

灵山纪游

我驾着小车
飞过高山茶园和松树林
掠过山居的屋顶

山村矗立着牌坊和古廊桥
曾于明清时代约会在八角亭
徽之文脉无处不兴

山风吹皱了灵山湖水
野兔、狐狸在竹海中穿行
狼谷里有怪物悲鸣

一会儿豁亮,一会儿转阴
云在山中,山在云上
宛若在仙境

注:
灵山村,在呈坎镇东南,依山傍水而建,风景秀丽。

新安江边的思绪

我立在江边
仿佛登上了逶迤的城墙
那不规则的锯齿
咬断了徽商船队的纤路和缆桩
那连绵不断的垛口
吞噬了鹅卵石的家乡

郁达夫找不到昔日的埠头靠岸
一直在用沙哑的嗓门叫唤
两岸"人家散若舟"
如今,竖起一排排高大的楼房
屯浦的归帆,载不动
层层叠叠用水泥打造的集装箱

人类对付江河的撒手锏
是拦腰截断
李白再游三百六十滩

不见新安在天上
他痛批现代诗胡言乱语
无韵无律不能再吟唱

历史文化名城的伤痛

一座历史文化名城
花巨资重建了明代的衙门
也用重金拆了徽文化的魂
这片孔庙建筑，跨过了几个世纪
躲过了清代战乱的火焚
躲过了日本飞机轰炸的硝烟滚滚

石门坊、大成殿、明伦堂
气势宏大，金碧辉煌
从平地到山腰
中轴线两侧，是精致的厢房
万世师表的匾额
熏陶着一代代学子的成长
老徽师时代，更是声名远扬
王氏治校，鲍氏学才，令人敬仰

挖掘机的轰鸣声

摧毁了集百代之大成的地方
抹去了学子记忆中的抒情和梦想
撞击声刺痛了学府的神经
传道、授业的风情
伴随着神圣的殿堂
一起搭载着尘埃
被驱逐出境，漫天飞扬

已逝的时光挣脱出来
却无家可归，至今仍在彷徨
一边是为开发旅游经济而建的府衙
一边是瓦砾后面的传统文明的迷茫
这是历史文化名城的痛
这是礼仪之邦的伤

游花山谜窟

山不在高
有洞则名
水不在深
有船则行
洞中藏有白骨
船下牵出幽灵
一个"谜"字
猜度岁月几多情
不知昔日劳工血与泪
游人只会看风景

注:
花山谜窟,在黄山市屯溪区东郊,是一处风景名胜区。

我的那个人

那个一天一夜才生下我的人
那个在冬天晚上
三番两次起来喊我尿尿的人
那个每天要我练小楷
否则不许出去玩的人
那个保送我上大学
毕业后又调我回母校工作的人
那个教我抽烟
后来又劝我戒烟的人
那个宁可醉了
也要陪我喝酒的人
那个给我打电话
索要《黄山旅游景观大全》的人
那个给我的《徽事纵谭》
写下了《代序》的人

那个听了我唱《故乡》而流泪的人
那个在车站与我含泪告别
从此没有再相见的人
那个在我膀胱里切割的人
那个在我鼻梁骨上打洞
把泪囊接通的人
…………
他们
他们不是人
是我心中的神
他们不是同一个人
不是一样面孔的人
不是都能叫出名字的人
他们帮我变成一个人
又成为一个活到现在的人
而且是一个会写诗的人

雪中三愿

下雪了
纷纷扬扬
大地冰封,四野茫茫
雪护着梅,梅高举着雪
冬梅散发出浓郁的芳香
愿它在午夜的故事里笑逐颜开
待到明年占尽春光
永葆芬芳

下雪了
纷纷扬扬
大地冰封,四野茫茫
蝴蝶、蜜蜂躲在蛹里
只能暗恋洋槐哥和油菜郎
愿它们在雪绒下面养精蓄锐
在来春,又吻又吮又酿
爱得天翻地覆也疯狂

下雪了
纷纷扬扬
大地冰封，四野茫茫
戍边战士
在风雪中凝视着前方
愿他们在布满荆棘的雪路上慢行
风萧萧兮，举雪为觞
守关英雄几多豪壮

冬至盛事

一次又一次警报告急
北方寒潮来袭
百草提前枯死
免得到时措手不及
每来一次寒潮
就夺走大地一份阳气
而且一次次夺去人们的阳光
使白天短得让人来不及喘息

冬至的各种盛事
都忙在长夜里
吃饺子、米团、长线面
求得冬日里清清吉吉
隆重举行祭祖仪式

死去的亲人基本会到齐
只是祖母可能不会来
因为祖父续了后妻

去鬲山路上

我和朋友
一路上无暇观景
先是说股票、棚改
继而说到二胎和养老金
行至半道,开始谈论经济
还提到王茂荫
马克思知道他
他是清代徽州的精英

越接近鬲山,离现代文明越远
鬲山的庙宇把我们引领
通向鬲山的路
离佛越来越近
新建的大雄宝殿
传来阵阵梵音
我们从佛教的教义
引议到人的命运

说到生死与无常
我们寄望于轮回和因果报应

时值寒冬
依然水秀山明
青松翠柏
菩萨显灵
圆圆的落日
照亮千山万岭

注：
弜山，位于黄山市屯溪区西南郊，是一处佛教圣地。

昨夜雨夹雪

昨夜雨夹雪
雪扭着雨
雨拽着雪
不像是真爱
只是短暂的苟且

午夜时分
雨雪交加
轰轰烈烈
不是悠悠长情
只图弄情一夜

雨与雪性情各异
雪爱漫天飞舞
雨喜缠绵岁月
一时交欢
一夜情裂

雨与雪相生相克
不是雪冻了雨
就是雨化了雪
终归移情别恋
只留下寒风凛冽

月潭湖,弯又长

月潭湖,弯又长
天上的弯弯月
落在了月潭湖里
月儿不再寂寞、凄凉
从此有了温暖的故乡

月潭湖,弯又长
弯弯月是一片毛峰茶
落在了月潭湖里
好茶随着好水荡漾
升腾起阵阵清香

月潭湖,弯又长
弯弯月是一支金钗
落在了月潭湖里

绾在传说中的美人鱼头上
鱼儿肥又壮

月潭湖,弯又长
弯弯月是一条小船
落在了月潭湖上
轻轻地摇晃
去向那诗和远方

注:
月潭湖,在黄山市休宁县境内的率水河上,是由月潭大坝围的人工水库,现已成为一处新兴的旅游区。

口罩的情怀

你是一小片蓝天
你是一朵白云
你是姑娘黑色口罩的倩影
美丽且多情
你把吻奉献给天下的所有人
贴得很紧很紧
你遮住了人们脸上的惊恐
抚慰着彷徨的心
你遮住了人们脸上的笑容
收藏着迷人的风景
你拒瘟神，挡雾霾
慷慨殉情

电线上的风情

我窗前横着一根电线
经常被风吹响
像古筝弹奏歌弦

风从远方来
电线且歌且舞
鸟儿聚会，鸟语绵绵

楼上掉下一短裤
挂在电线上不知所措
随风打着秋千

雨天里
电线上有两颗水珠互相追逐
爱得疯疯癫癫

只要你有情怀

电线再单调

也会是美丽的风景线

巷　口

晚上在街上行走
我最忌惮的
是街道两侧大大小小的巷口
路过这些巷口
心里不由得打抖
巷子幽深、昏暗
唯恐什么时候会蹿出一个怪物
把我紧紧一搂

小时候
只知道害怕蹿出一只小猫小狗
成年了
懂得害怕有鬼魂在巷子里转悠
饱经风霜之后
不再相信什么鬼魂
而是害怕活鬼
把我拖进巷里对我下手

再后来,什么都不怕了
巷子虽深,我已彻底看透
我不再相信大器晚成
如此碌碌
只想把人生之巷走到头

大地的爱

大地是我们的父亲和母亲
大地上的平原、高山、丘陵
都是人类的生命之源
也是归宿和风景

平原的平坦、辽阔
是父亲的浩瀚胸境
河流在平原上写下的情书
给了大地最初的恋情
河流和大地的孩子
是人类、动植物、村庄和森林
人们目送亲人消逝在辽阔的暮色中
一片苍茫、孤独,承载着大地的爱心

大山的连绵起伏
是生命旅程的复述
大风、骤雨、飞雪

是高山对我们爱的祝福
在高山上对远方的眺望
是对爱的追逐
人类的祖先从远方走来
生生不息，走过了漫长的爱的天路

丘陵，是天设地造
是大地的骄傲
在冬日的暖阳里
起伏的地貌仿佛一个个怀抱
丘陵的儿子埋在丘陵爱的怀抱里
吸吮着琼浆玉膏
大地上的山丘和小河
是爱的旋律和生命跳动的写照

大地啊，你们的爱是那么深沉
你们哺育了我们
我们也有反哺的责任
让绿水青山在爱意中永葆青春